मेट्रो प्रेम कहानी
(मप्रेक)

कमल पंत

Made with ♥ on the Notion Press Platform
www.notionpress.com

यह किताब समर्पित है उन सभी मेट्रो सहयात्रियों को जिन्होंने कभी न कभी मेरे साथ किसी न किसी मेट्रो में अपनी यात्रा शेयर की है। उनकी यात्रा की बदौलत ही मैं एक कल्पना लोक में पहुँच पाया, जहां से छोटे छोटे किस्सों का निर्माण हुआ जिसका नाम 'मेट्रो प्रेम कहानी' है।

इस किताब को लिखने में फ़ेसबुक का बहुत बड़ा योगदान है क्योंकि यह सारे किस्से मैंने सबसे पहले फ़ेसबुक में शेयर किए। और उसके बाद इसे किताब का रूप देने की सोची। किताब का रूप देते समय मैंने खास ख्याल रखा कि कोई भी किस्सा पूरा न होने पाए। हर किस्सा वैसे ही अधूरा है जैसे फ़ेसबुक में होता है।

क्रम-सूची

प्रस्तावना

फ़ेसबुक के क़िस्सों को संकलित करके एक किताब का रूप दे दिया है। जाने क्यों लगा कि अपने लिखे हुए को एक जगह संकलित किया जाना चाहिए और मैंने यहाँ इस किताब के माध्यम से संकलित कर दिया। इस किताब की सबसे ईमानदार प्रस्तावना यही है।

1

एक डरी सी लड़की

मेट्रो मे चढते हुए उन अंजान चेहरों के बीच में वो लड़की कुछ अलग सी ही थी। हमेशा की तरह जैसे ही राजीव चौक पर आकर मेट्रो रूकी तो हर कोई सबसे पहले मेट्रो मे चढ़कर अपने सफर पर चलने की जल्दी मे था लेकिन वो लड़की कुछ सहमी हुई सी नजर आ रही थी। जब मेट्रो में चढ़ी तब भी घबराहट उसके चेहरे से साफ झलक रही थी। उसे देखते ही देखते ना जाने क्यों उसके साथ बात करने और उसकी घबराहट दूर करने का मन करने लगा।

मैंने हल्की सी मुस्कुराहट के साथ शुरूआत की और उसने भी एक दबी सी हंसी के साथ रिस्पोंस दिया। मैंनें उसके साथ हंसी मजाक करना शुरू किया ताकि वह खुद के डर को बाहर निकाल सके (तब लेडिज कोच अलग नहीं हुआ करता था)। मैं उस साधारण सी दिखने वाली लड़की के अन्दर विश्वास पैदा करना चाहता था । कुछ स्टॉप के बाद लड़की मुझसे घुल मिल गयी । मेरी दोस्त बन गयी। वो जब मेरी तारीफ़ करती तो मेरे मन में गुदगुदी होती और मैं अपने इस हंसी-हंसी मजाक के सफर को आगे बढ़ाते हुए उसे फिर किसी ना किसी बात पर हंसाने में कामयाब हो जाता। खैर पांचवे स्टाप के बाद लड़की का डर गायब हो चुका था। वह उस माहौल को अपना चुकी थी । वो मुझे अपने साथ आगे ले गई। पहले वह खुद सीट में बैठी फिर मुझे भी जुगाड़ लगाकर बैठा दिया। (मुझे लगा कि अब वह अपना डर भूल चुकी है)

लेकिन मेरे सीट पर बैठते ही वह फिर बदल गई। अचानक वो काँटों की सीट लगने लगी जिस पर मेरे बैठते ही लडकी अनकम्फर्टबल होने लगी। मैंने फिर उसे विशवास दिलाया कि मै वही हूँ मेट्रो की शुरुवात में जिसने तुम्हे कम्फर्टेबल करने के लिए हंसी मजाक किया था, पर जिन्दगी की कुछ अनसुलझी पहेलियों की तरह मैं अपनी बात उसे नहीं समझा पाया । शायद उसके ऊपर समझ से ज्यादा एक डर हावी था।

2
मेट्रो की शादी

मेट्रो एंट्री गेट पर खड़ी उस लड़की को देख कर ऐसा लगा जैसे वो किसी का इंतजार कर रही है। कोमल, मासूम, सांवली भोली सी दिखने वाली वो लड़की अचानक मेरे कार्ड पंच करते ही मेरे पीछे पीछे चली आयी। एक बारगी तो ऐसा लगा कि शायद मेरे लिए ही रुकी थी, उसे मेरा ही इंतजार था और जैसे एंट्री के साथ ही हमारी शादी के सात फेरों का पहला फेरा शुरू हो गया। अग्नि की जगह मेट्रो की इलेक्ट्रॉनिक मशीन थी (आखिर मेट्रो युग आ गया है), गोल फेरे की जगह सीधी लाईन वाला फेरा था (वक्त के साथ रिवाज भी बदलते हैं), अचानक उसके साथ आ जाने से सभी सोयी तमन्नाएँ अचानक से जाग कर उसके पीछे चलने लगी थी।

रोहिणी मेट्रो के अंदर उसकी इस हरकत को बाकायदा सीसीटीवी ने कैद भी किया था (मुझे लग रहा था मेरी शादी की वीडियोग्राफी हो रही है), मैं कुछ कह पाता इससे पहले वो दौड़ कर लिफ्ट में चली गई। (जैसे पहले फेरों के बाद दुल्हन अपने कमरे में चली जाती थी) मेरे सीढ़ियों से ऊपर पहुँचने तक वो भी जीन्स टी शर्ट में सजी दुल्हन की तरह मेरा इन्तजार कर रही थी। मेरे पहुँचते ही बोली "थैंक्स आपकी वजह से एंट्री हो गयी, दरअसल जब मैंने कार्ड पंच किया तो कोइ और अंदर चला गया" मैंने सहमति का माडर्न वर्जन hmm इस्तेमाल किया और अपनी क्रूर दिखने वाली मासूम शक्ल के साथ उसे निहारने लगा (आखिर एक फेरे के साथ शुरूआत तो हो चुकी थी)। भोला,गोल छोटा सा चेहरा, सांवला

रंग , मनमोहक आँखें,कुल मिलाकर"सांवली सलोनी तेरी झील सी आँखें" वाली फीलींग आ रही थी।

एक फेरा मैं ले ही चुका था और दूसरा फेरा हमारा मेट्रो के अंदर शुरू हो गया जब वो और मैं हेंडल के इर्द गिर्द खड़े हो गए। दो फेरों के साथ मैं गृहस्थ जीवन में प्रवेश करने के दरवाजे में कदम रख चुका था,वह भी पीतमपुरा आते आते मेरे जूतों में अपने सेंडल से अनचाहे ही सही चरण स्पर्श कर चुकी थी। हालांकि उसके पाँव छूने की वजह से मेरे जूतों में गड्ढे पड़ गए थे।

जी चाहता था बाकि के पांच फेरे छोड़कर वरमाला की रस्म निभा लूँ। आगे तीसहजारी कोर्ट भी आने वाला था कोर्ट का सर्टिफिकेट भी मिल जाता(हिंदी फिल्मो की तरह दोनों सीढ़ियाँ उतरकर शादी सेलीब्रेट करते। वह भी मुस्कुरा कर कभी मेरे चेहरे को देखती तो कभी अपने स्मार्टफोन को। शायद मेरा फ़ोटो लेना चाहती होगी। मैं भी तो उसकी एक फ़ोटो ही लेना चाह रहा था।

अचानक तीसहजारी आते ही उसकी बैचेनी बढ़ने लगी, मुझे लगा शायद ये मैरिज सर्टिफिकेट को लेकर मुझसे ज्यादा उत्साहित है। मगर वहां से एक काले कोर्ट वाला सफ़ेद लड़का घुस आया,मेरे फेरे आधे छुड़वाकर लड़की बोली "थोड़ा साइड देंगे प्लीज"।

तीसहजारी से सर्टिफिकेट आखिर लेना ही था तो मैंने मन में डेढ़ बार तलाक तलाक बोल दिया(आखिर शादी भी तो आधी ही हुई थी) और डाईवोर्स का काल्पिनक सर्टिफिकेट ले लिया। आखिर मेट्रो की ही तो प्रेम कहानी थी (मप्रेक्) पूरी होना तो इसकी किस्मत में भी नहीं था।

3

वीआईपी ट्रीटमेंट

सीआईएसएफ के जवान जब अपनी टुकड़ी के साथ रिठाला जाने वाली आखिरी मेट्रो में सवार होते हैं तो ऐसा लगता है मानो बार्डर पर जवान जंग लड़ने जा रहे हों। हथियारों से लेस जवान पूरी तरह मुस्तैद। 5 फिट 10 इंच की हाईट,पाँव में लेदर के बड़े बड़े बूट, शरीर पर बुलेट प्रूफ जैकेट, हाथों में एके 47 से लेकर कार्बाइन। लीड करने वाले आफिसर की कमर में पिस्टल और कन्धे में सजे स्टार। इनके साथ मेट्रो में सफर करने में बिलकुल वीआईपी वाली फीलींग आती, हर पल ऐसा लगता कि सिर्फ मेरी सुरक्षा के लिए ये जवान मेरे इर्द गिर्द खड़े हैं। कई बार तो ये वीआईपी फीलींग लेने के लिए ही मैं नोएडा से देरी से आता, ताकि वीआईपी ट्रीटमेंट के साथ घर जा सकूं। ऐसी ही एक मेट्रो में देर रात करीब 11 बजे एक लड़की चढ़ी, खूबसूरत, लम्बे बाल, हिमांचल के गाँव की साक्षात मूर्ती जिसके पर्स और बैग के अलावा सभी कुछ ठेठ गाँव का था। पटियाला सलवार पर जयपुरी जूती, बाल लम्बे गुथे हुए और उस पर परांदा, लड़की कश्मीरी गेट से सीधा मेट्रो में आ गयी थी, अगल बगल की थकी मांदी निगाहें, इस गाँव की लड़की को एकटक घूरे जा रही थी। लड़की में हिचक बिलकुल नहीं थी, लेकिन शायद अनजान शहर, घूरती मर्द निगाहें, मेट्रो के डब्बे में पूरी सीआईएसएफ की पलटन और रेडलाइन मेट्रो की कभी कभी "भक्क" की आवाज के साथ बन्द होती चलती मेट्रो ने लड़की को थोड़ा सा डरा दिया था। मेट्रो लगभग खाली

थी, फिर भी कुछ शिष्ट लोग लड़की को अपनी सीट ऑफर कर रहे थे जो लड़की को और ज्यादा डराने के लिए काफी था। इतने में पुलबंगश से सीआईएसएफ के आठ दस जवान मेट्रो में और घुस गए अपनी वही बंदूकों वाली डरावनी लुक्स के साथ। अब लड़की बहुत ज्यादा पसीने पसीने हो रही थी। मेट्रो के डब्बे में कोइ और लड़की नहीं होने की वजह से लड़की का डर बढ़ते जा रहा था। मेट्रो से उतर नहीं सकती थी क्योंकि उसे लग रहा था यह आख़िरी मेट्रो है। इसके बाद मेट्रो आएगी या नहीं। सीआईएसएफ का एक सीनियर अफसर लगातार लड़की को घूरे जा रहा था लड़की सबसे ज्यादा उस अफसर को देखकर डरी हुई थी। पूरी मेट्रो के लोग यह बात समझ रहे थे कि लड़की डरी है बहुत ज्यादा डर रही है। घूरने वाले अफसर से नजर बचाने के चक्कर में लड़की ने दो बार अपना पर्स फेंक दिया। मेट्रो में मौजूद एक बुजुर्ग यह बात नोट कर रहे थे। अधिकारी का घूरना उन्हें पसन्द नहीं आ रहा था, अचानक वो अधिकारी को उसका फर्ज याद दिलाने लगे, उस पर भड़क गए। लड़की भी आवाक़ रह गयी यह देखकर, अपने अंदर के डर को वह काबू नहीं कर पायी और इंद्रलोक में उतर गयी। इंद्रलोक अक्सर तभी बियाबान होता है जब ग्रीनलाईन मेट्रो वहां पेसेंजर लेकर आती है। अन्यथा यह अक्सर सुनसान हवा महल सा लगने लगता है। जहाँ आप कहीं पर भी खड़े होकर हवा की सनसाहट सुन सकते हैं। लड़की के साथ फिलहाल यही हो रहा था। चारों तरफ बस एक्का दुक्का पैसेंजर थे, जो हाव भाव से शराबी और हकीकत में काफी ज्यादा थके हुए कहीं के कर्मचारी थे।अगली मेट्रो कब आएगी इसकी जानकारी टाइम मशीन में भी नहीं आ रही थी। लड़की का डर अब तक पूरी तरह उस पर सवार हो चुका था। हालांकि मेट्रो आठ मिनट से ज्यादा का समय बहुत कम लेती है। लेकिन रात में चलने वाली आख़िरी मेट्रो का भरोसा नहीं होता कि कितना लेट आपको मिले। इतने में कुछ सीआईएसएफ के जवान इंद्रलोक मेट्रो स्टेशन में आये और लड़की के साथ खड़े हो गए। उन्होंने बातचीत में लड़की को बताया कि उनके किसी अफसर ने आपको डरे हुए देखा इसलिए इन्फॉर्म किया कि लड़की को घर तक छोड़ आये।जवानों ने बातों बातों में लड़की को सीनियर अफसर की इतनी तारीफें गिनाई कि अब तक मेट्रो में उस

सीनियर को विलेन मान चुकी लड़की अब उसे देखने के लिए लालयित थी। इंद्रलोक से आख़िरी मेट्रो में चढी लड़की को कन्हिया नगर में वह सीआईएसएफ के अधिकारी मिल गए। अधिकारी लड़का ही था, यही कोइ 24 25 साल का, नया नया भर्ती हुआ लड़का। वह लड़की को बोला कि असल में वह मनोविज्ञान का छात्र रहा है और लड़की का मनोविज्ञान जानने के लिए उसे देख रहा था। लड़की अब बिलकुल किसी वीआईपी सा फील कर रही थी, आस पास सीआईएसएफ के बन्दूक धारी जवान, बीच में उनका अधिकारी और लड़की को डर से बाहर निकालने के लिए बार बार चुटकुले, या शायरियां सुनाता वह नौजवान अधिकारी। इतने में पीतमपुरा आ गया, जहाँ लड़की को उतरना था। उसका मन तो नहीं था उतरने का लेकिन मजबूरी में वह उस जवान अधिकारी को छोड़कर आगे बड़ गयी। अधिकारी ने लड़की के साथ अपने दो जवान भेजे जिन्होंने सड़क से उसे ऑटो करवा दिया। ऑटो करवाते समय लड़की ने जब उस अधिकारी का नम्बर मांगना चाहा तो जवानों ने बताया कि उनके पास अधिकारियों के नम्बर नहीं होते।लड़की मन मसोस के रह गयी। कश्मीरी गेट की डरी हुई लड़की पीतमपुरा में मस्त हंस बोल रही थी, लेकिन उसके चेहरे पर हंसी लाने वाले आदमी का वह नाम तक नहीं जानती थी। मेट्रो की प्रेम कहानी कभी पूरी नहीं होती।

4

वैलेंटाइन के अरमान

मेट्रो में कदम रखते ही एक अलग एहसास जाग जाता है, वो पुराने प्यार जो मेट्रो में ही शुरू हुए और वहीं खत्म , वह सभी आँखों के सामने से स्लाईड शो की तरह गुजरने लगते हैं। कित्तीनगर की भीड़भाड़ से तो सभी वाकिफ होंगे।हाँ वही कित्तीनगर जहाँ राजीवचौक से कम भीड़ आती है लेकिन नई दिल्ली से ज्यादा। मेट्रो से उतरते ही जो भागमभाग शुरू होती है वह गिरते इंसानों को नहीं देखती, बस सब दिल में यह सोचकर रेस लगाते हैं कि इसके बाद मेट्रो है ही नहीं, मेट्रो वाले छोड़छाड़ कर भागने वाले हैं।

उस दिन भी कुछ ऐसा ही हुआ जब रेस लगाते लोगो के बीच वो लड़की अपने ही दुपट्टे में फंसकर गिर गयी (अब प्यार का जिक्र किया है तो सीधा उसी में आऊंगा फालतू की बकवास नहीं) उसके गिरने के साथ ही जैसे मेरे लिए भी सब कुछ ठहर सा गया और मैंने कान से हेडफोन निकालकर उसे हाथ दिया, उठाया और दूसरी मेट्रो के प्लेटफॉर्म तक साथ ले गया। एक दम हीरोइन टाइप नहीं थी लड़की (जब लड़का हीरो टाइप नहीं तो लड़की कैसे हो सकती है । मैंने कम से कम 8 - 10 बार पूछा "आप ठीक हैं? आप ठीक हैं न?" जवाब में हल्का सा वाट्सएप फेसबुक वाला "hmm"सुनाई दिया।दो मेट्रो छोड़ने के बाद उसने मुझसे धीरे से कहा "आप जाइए अब मैं ठीक हूँ"। मगर छोड़कर जाने का मन करे तो जाऊं ना। मैं तो बस आने वाले वैलेंटाइन डे की तैयारी में जुट

गया था। वह भी मुझे देखकर हौले से मुस्कुरा रही थी, मेरी निगाहों में अपने चक्षु डालकर नजरें चार कर रही थी। मेरे मन में प्रपोज डे से लेकर वेलेंटाइन डे तक के सारे अरमान तैयार हो चुके थे।(लगा कम से कम इस वेलेंटाइन मैं भी हाथो मे हाथ डाले प्यार के दिन को एक ही दिन मे सारा प्यार उडेलते हुए सेलिब्रेट करुंगा) उसके साथ बैठ कर शुद्ध देसी , संस्कारी एकदम संस्कार की चाशनी में डुबोई हुई भारतीय नारी टाइप की फीलींग आ रही थी वो हल्की सी मुस्कान ,गर्दन नीचे, हौले से बात करना, खुद को फोल्ड करके पोर्टेबल साइज में सिकोड़ लेना । कहीं मेरी सांस से उसके बालों को हवा ना लग जाए इस बात का विशेष ध्यान देना । मतलब अरमानों ने धरती से मंगल का तक का सफर तय कर लिया था। दो मेट्रो गुजर चुकी थी तीसरी आनेवाली थी।

तीसरी मेट्रो रुकते ही एक हीरो टाइप लड़का आगे बड़ा और उस सिम्पल सी लड़की को गले लगकर बोला "सारी आई एम् लेट "। लड़की हल्का सा मुस्करा दी और कातर निगाहों से मेरी तरफ देखने लगी। 15 फरवरी को मनाया जाने वाला स्लैप डे(झापड़ दिवस अचानक याद आ गया) मैंने तुरन्त बजरंग दल और शिवसेना के कार्यलय में फोन लगा दिया और उनका वेलेंटाइन का शेड्यूल पता करने लगा। आखिर मैंने भी तो कुछ ना कुछ करना था उस दिन । वैसे भी मेट्रो की प्रेम कहानी (मप्रेक्) कहानी आज तक सफल हुई हैं क्या ?

5

वह गूंगा लड़का

कश्मीरी गेट से किसी भी सूरत में आरती को 11 बजे की लास्ट मेट्रो पकड़नी थी शास्त्री नगर वाली. जैसे ही आरती ने एस्केलेटर से ऊपर कदम रखा उसे मेट्रो दिखाई दी. लेडीज कोच तक पहुँचने का वख्त नहीं था इसलिए भीड़ से भरे सामने दिख रहे कोच में ही घुस जाना बेहतर लगा. आरती ने सोचा ये आख़िरी मेट्रो है इसके बाद मेट्रो बंद. वह भगवान को बार बार थैंक्यू कह रही थी समय से पहुंचाने के लिए. मेट्रो में भीड़ जबरदस्त थी सब ठूंस ठूंस कर भरे थे. आरती ने गेट पर ही खड़े रहने का फैसला किया सोचा जो भी आएगा साईड दे दूंगी. एक एक करके दो मेट्रो स्टेशन गुजर गए उसे लगा ज्यादातर दूर जाने वाले ही लोग हैं. पुलबंगश स्टेशन में दरवाजा खुलते ही उसने अपने पाँव एक किनारे कर लिए लेकिन कोई नहीं उतरा. उसे लगा यहाँ भी कोई नहीं उतरेगा वह बीच में अपनी जगह आ गयी. मेट्रो का दरवाजा बंद होने से चंद सेकेण्ड पहले उसे एक धक्का लगा और वह सीधा मेट्रो से बाहर. मेट्रो चल पड़ी, आरती को समझ नहीं आया कि क्या हुआ, देखा तो एक लड़का कान पकड़ कर कुछ बोलना चाह रहा है. आरती को बात समझ आ गयी वह बोली "गूंगे हो कम से कम साईड तो मांग सकते थे " उसे लगा वह अपनी आख़िरी मेट्रो मिस कर गयी. "इडीयट, बास्टर्ड अब मैं घर कैसे जाऊंगी ये आख़िरी मेट्रो थी "लड़का कुछ रीप्लाय करता इससे पहले आरती ने गालियों का स्टार्टर खत्म किया और मेनकोर्स में आ गयी. लड़का चुपचाप गालियाँ

सुनता रहा बीच बीच में वह हाथ उठाता पर उसके हाथ उठाने के साथ ही आरती का टोन भी बड जाता. इतने में आख़िरी मेट्रो के आने की एनाउन्समेंट हुई. आरती की जान में जान आ गयी वह मेट्रो प्लेटफोर्म पर इन्तजार करने लगी. आख़िरी मेट्रो आजादपुर में आलू लाने वाले ट्रकों की तरह भरी थी. मेट्रो का गेट खुला पर गेट पर खड़े आदमियों ने आरती की तरफ मजबूरी दिखा दी और नो इंट्री का बोर्ड लगा दिया. इतने में पीछे से आरती को फिर धक्का लगा और वह सीधे मेट्रो के अन्दर. अब आगे आगे वही लड़का और पीछे से आरती. भीड़ को चीरता वह लड़का सीधा महिला आरक्षित सीट पर पहुंचा और वहां बैठे नींद में झूले लड़के के आँखों में चुटकी मारी उसने ऊपर देखा तो लड़के ने उसे सीट से ऊपर देखने का इशारा किया. आरती को सीट मिल गयी. कुछ एक मिनट बाद लड़के ने आरती के मुंह के आगे ताली बजाई आरती अचानक से उसे देखने लगी. लड़के ने दोनों हथेलियाँ उसके सामने रखी और इशारों में कहा "अब मै चलूँ " आरती को कुछ अजीब लगा उसने लड़के से उसका नाम पूछा उसने तुरंत पर्स से अपना कार्ड निकाला और आरती को दे दिया. आरती ने पलट कर उसे थैंक्यू कहा तो उसने उंगली से थम्सप बनाकर इट्स ओके कह दिया. आरती ने पूछा "आप बोलते क्यों नहीं ?" लड़के ने मुंह में अंगूठा दिखाया और हिला दिया. आरती समझ चुकी थी लड़का बिना बोले क्यों मेट्रो से उतर रहा था. और लड़का ठीक वैसे ही दोबारा अगले स्टाप पर उतर रहा था.लड़का जैसे जैसे हर आदमी की पीठ में थपकी मारकर आगे बड रहा था वैसे वैसे आरती का प्यार भी आगे बड रहा था. लड़के ने आख़िरी मेट्रो से जैसे ही बाहर कदम रखा आरती खडी हो गयी बाहर जाने को. पर मेट्रो की प्रेम कहानी (मप्रेक) इतनी आसान होती तो क्या बात थी.

6

काले बालों वाला बुड्ढा

मेट्रो में वृद्ध वाली सीट पर एक खूबसूरत लड़की बैठी थी. राजीव चौक पर मेट्रो में घुसते ही मेरी नजर उस पर पड़ गयी. मैंने तुरंत मोर्चा संभाला और दो चार को हल्का हल्का सा धक्का देते हुए उसकी सीट के सामने खड़ा हो गया. अब मेरा काम था उसके पाँव में पड़े बैग को अपने पाँव से दबाए रखना और उसका ध्यान अपनी तरफ खींचना पर हायी री किस्मत पीछे से एक काले बालों वाला बुड्ढा आ गया. लड़की को बोला "बेटी सीट" लड़की कुछ बोलती इससे पहले मैं बोल उठा "अंकल आपकी उम्र ही क्या है बाल पूरे काले, शरीर भी हष्ट पुष्ट, एसे में आप एक लड़की से सीट खाली करवा रहे हैं." पर बुड्ढा सुनने को तैयार ना हुआ लड़की को बोला आगे जाकर लेडीज कम्पार्टमेंट में बैठो मेट्रो वालों ने तुम्हारे लिए बनाई है. मैंने कहा अंकल लड़का लड़की की आबादी लगभग बराबर है एसे में लड़कियों को सिर्फ एक डब्बा और आपके लिए बाकी सभी डब्बे, ये कहाँ का इन्साफ. पर मेरी किसी भी बात का बुड्ढे पर असर नहीं हो रहा था और मैं लड़की को इम्प्रेस करने के लिए तर्क पर तर्क दिए जा रहा था. इतने में लड़की हलके से उठी और बोली अंकल सीट ले लो और उसने मेरे कन्धों का सहारा लेकर अपने पांवों में छुपी बैशाखी बाहर निकाल ली. आस पास के सभी लोग अवाक रूप से उसे देखने लगे. वह मुझसे बोली

मुझे किसी की सिम्पेथी नहीं चाहिए. आप मेरे लिए बोले इतना बहुत है. उसकी आँखों में एक अपनापन था एक प्यार था. मैं उन आँखों में खो गया था. और अंकल कह रहे थे "बेटा सीट ले लो सौरी मुझे पता नहीं था." मेट्रो के बाकी पेसेंजर जो ये सब देख रहे थे वह भी कहने लग गए कि सीट ले लो , मेरी सीट ले लो पर लड़की दोबारा सीट पर नहीं बैठी. एक हाथ मेरे कंधे पर और दूसरा बैसाखी पर रखे खडी रही. मुझे वह दुनिया की सबसे खूबसूरत लडकी लग रही थी. मैं उसकी ख़ूबसूरती में डूब ही रहा था कि वह मुझसे बोली "यू आर वेरी नाईस " मैं कुछ कह पाता इससे पहले वह मेट्रो से उतर गयी. वह कम बुड्ढे अंकल अचानक पूरी मेट्रो के लिए विलेन बन गए थे मगर मैं उन्हें एक हीरो की तरह देख रहा था. आखिर उनकी वजह से मेरा प्यार मुझे मिलने जा रहा था. मैंने होश संभाले और तुरंत उसके पीछे भागा. पर मेट्रो की यह प्रेम कहानी भी पूरी ना हो सकी. मेट्रो की प्रेम कहानी(मप्रेक) कभी पूरी हुई है भला.

7

भीड़ का इश्क

दिल्ली की लाइफ लाइन बन चुकी मेट्रो के सफर मे अकसर भीड़ के कारण लोगो के बीच गलतफहमियां हो जाती है और उसी भीड़ के बीच ही कुछ खुशफहमियां पलती है। हुआ कुछ यूं कि शाम की 7 बजे वाली मेट्रो में दोनों सवार हुए । दोनों अनजान एक दुसरे से टकराए थोडा जुबानी लड़ाई हुई फिर मेट्रो की उस जबरदस्त भीड़ में सट कर मजबूरन खड़े हो गए । लडकी ने लड़के को देखकर मुंह बनाया था और लड़के ने लडकी को देखकर पर मेट्रो की आफिस से लौटती भीड़ ने दोनों को ज्यादा दूर जाने का मौका ही नहीं दिया । अगले ही स्टॉप से चढे लोगों ने दोनों को एक दुसरे के बिल्कुल करीब ला दिया । इतना करीब कि जहाँ से दोनों एक दुसरे की साँसे तक गिन सकते थे। लड़के को एहसास हुआ कि ये खूबसूरत मासूम लडकी उस पर जानबूझकर गुस्सा नहीं हुई होगी जरूर उसे तकलीफ हुई होगी । उसने लडकी को देखकर कहा "सॉरी ". लडकी को भी लगा शायद लड़के का कसूर ना हो कसूर इस भीड़ का हो ..उसने मुस्कुरा कर बातचीत का सिलसिला आगे बढ़ा दिया। हर दो स्टॉप के बाद दोनों दिल से करीब आ रहे थे , हर एक शब्द (मेट्रो की चुगली) दोनों में दूरियां मिटा रहा था । दोनों के अन्दर प्यार जाग गया था। बातो का सिलसिला बढ़ने के साथ ही दोनो के बीच प्यार का सिलसिला भी बढ़ने लगा था। लडकी कहने ही वाली थी और लड़का भी बस तीन शब्द मुंह में रखे बैठा था कि अचानक भीड़ ने आवाज लगाई उतरो स्टॉप आ

गया। एक धक्का लगा और दोनों के हाथ एक दुसरे से छूट गए (बिलकुल हिन्दी फिल्म के क्लाईमेक्स की तरह)।

ना नाम जान पाए ना नम्बर ...फेसबुक में ढूँढने के लिए भी एक अदद नाम की जरुरत होती है ...यहाँ कुछ भी नहीं था क्योंकि यह मप्रेक है मेट्रो की प्रेम कहानी (मप्रेक)

8

सिर्फ इश्क की खातिर

एक आन्दोलन की भीड़ में अचानक जंतर मंतर पर उस लडकी से मुलाक़ात हो गयी पसीने से परेशान लेकिन चेहरे में चमक जबरदस्त पर फिर वो वहां दिखी नहीं ..लौटते हुए अचानक उसे मेट्रो के दुसरे कम्पार्टमेंट में घुसते देखा .तुरंत पास में चौथे डब्बे में मै भी चढ़ गया ..फिर क्या "एक्सक्यूज मी" "एक्स्ज़क्यूज मी " कहता हुआ भीड़ से धक्का खाता खिलाता उसके बारे में सोचता उसके तरफ बड़ने लगा. कोइ कहता "यहीं रुक जा इतनी भीड़ में आगे से क्या जल्दी पहुँच जाएगा " तो दूसरी तरफ से कमेन्ट आता "आगे क्या जनानियों के डब्बे में बैठेगा". किसी कपल से एक्सक्यूज मी कह कर पास मांगो तो दोनों एसे घूरते मानो उनका ब्रेकअप करवा दिया हो . और इस बीच लोगों के हाथों में पकडे मोबाईल/टेब के कारण खुली कोहिनियों से जो चोट लगती वो अलग, पीठ में बैग पकडे यात्री धक्का लगने पर तुरंत बैग से ही बेक अटेक कर देते .. पहली बार चारों तरफ दुश्मनों से घिरा था . पर इसे इश्क की हिम्मत कहिये जनाब बड़ता गया , बड़ता गया . कहीं आंटी से डांट खाई तो कहीं अंकल ने झाड मारी कहीं किसी कपल ने नो एंट्री का बोर्ड लगाया तो कहीं किसी ना नहाए हीरो के परफ्यूम भरे बगलों के तले अपनी नाक के बाल जलाए. पर मोहब्बत नहीं हारी और उस डब्बे में

पहुँच ही गया जहां लडकी गयी थी. उसने देखते ही पहचान लिया . मेरी तरफ देखा हाथ हिलाया. मैंने अपने प्रयास की सफलता पर आँखें मूंदी और दिल को तसल्ली दी . और जैसे ही आँखे खोली लडकी गायब. असल में वो हाई नहीं बाई था ....मेट्रो की प्रेम कहानी (मप्रेक) अकसर इसी मोड़ पर छूटती हैं

9

एहसान-ए-इश्क

रात 9 बजे बाद येलो लाइन में मेट्रो फ्रीक्वेंसी भी थोड़ी धीमी हो जाती है . कभी 5 मिनट कभी 8 मिनट तो कभी इससे भी ज्यादा समय. एक घबराया सा लड़का लास्ट कम्पार्टमेंट की तरफ खड़ा था. मुझे देखकर बोला यह चांदनी चौक जायेगी मैंने हाँ में सर हिला दिया पर शायद उसे संतुष्टी नहीं हुई. दोबारा दूसरी तरफ खडी लडकी से पूछा उसने नहीं में सर हिला दिया और लड़का फ़ौरन दूसरी तरफ भागा. मैंने लडकी से पूछा एसा क्यों किया? वह बोली जब आपने बता ही दिया था तो जानबूझकर छेड़ने को आ रहा था, खूब जानती हूँ एसे लड़कों को. लड़कियों की सिक्स्थ सेन्स पर मुझे भरोसा रहता है पर इस बार एसा लगा कि लडकी उसकी घबराहट को उसका छिछोरापन समझ बैठी है. खैर हमारी मेट्रो तो नहीं आयी पर वह दूसरी तरफ बैठकर निकल गया. अभी 8 मिनट और थे मेट्रो आने में. और भीड़ लगातार बडती जा रही थी. उस तरफ खडी लडकी मेरे आगे आ गयी भीड़ से बचने को पर मेट्रो की भीड़ शाम के समय हाथी को भी कुचलने का माद्दा रखती है.

अपने 8 मिनट पूरे करके हमारे गंतव्य वाली मेट्रो आयी तो सही लेकिन भरी हुई. मै सबसे आगे था फिर भी अन्दर जाना लगभग नामुमकिन था. इतने में अन्दर से किसी ने मेरा हाथ खींचा और मै लडकी समेत अन्दर. जैसे तैसे भीड़ के बीच से हम लेडिज सीट पहुंचे जहां पर वह लडका इतनी भीड़ में भी सीट बना लाया था. वही कश्मीरी

गेट जाने वाला जिसे कन्या ने उल्टी तरफ भेज दिया था.लड़के और मेरे बीच बातचीत शुरू हो गयी और उसकी बदौलत लडकी को सीट तो मिल गयी पर वो शर्मिन्दगी से सर ना उठा पायी. लड़के ने चांदनी चौक आते ही दरवाजे की तरफ छलांग मारी और लडकी मुझसे बोली उनका नम्बर मिलेगा.

मुझे मालूम था मेट्रो में एसे ही रिश्ते बनते हैं और एसे ही बिखर जाते हैं . मै चाह कर भी उसकी मदद नहीं कर सकता था.

10

ज्वाईन्टर में मोहब्बत

मेट्रो में दो डब्बों के बीच में जो जॉइंटर होता है ना वह लंबे भीड़ भरे सफर में थके युवाओं का एकमात्र सहारा होता है । मेट्रो गेट से एंट्री करते ही युवा लपक कर उस तरफ बड़ लेते हैं और कमर टिका कर उसकी गद्देनुमा दीवार पर झूला झूलते हुए पूरा सफर काट लेते हैं।

उसी जोइंटर पर उस ऐनक वाली लड़की से पहली मुलाक़ात हुई थी। असल में पहली और आख़िरी मुलाक़ात वहीं पर हुई। आनंदविहार मेट्रो में वह दौड़ती हुई आयी और ट्रेवलर बेग को मेरे क़दमों में पटक कर जोइंटर पर लधर गयी। मेरी कुछ समझ आ पाता उससे पहले ही बोली "आई एम सॉरी, बड़ी दूर से आ रही हूँ थकी हुई हूँ"। मैंने हल्का हां और हल्का ना में सर हिलाया और मुस्कुरा के बोला "महिला सीट है आपके लिए" हाजिरजवाबी में वह मेरी भी उस्ताद थी, बोली"मेरा गेटअप देखकर लगता है वह लोग मुझे लड़की मानेंगे?" फिर वह खिलखिलाई और मैं हौले से मुस्कुरा दिया। लक्ष्मीनगर आते आते पूरी मेट्रो कोचिंग इंस्टूट्यूट बन गयी थी, कोइ सीए बनने के लिए रट रहा था तो कोइ बैंक मैनेजर, चारों तरफ रटटों की मुमुनाहट चल रही थी और इन मुमुनाहट के बीच उस लड़की की आँख लग गयी, हल्का जवाइंटर पर झूलते हुए उसका सर ढपक रहा था, जिसे फुर्ती से मैंने अपने कंधे का सहारा दे दिया। खड़े खड़े मेट्रो में सोने का भी अपना ही मजा है। आस पास बात कर रहे लोगों की नासमझ आने वाली बातें लोरी का काम करती हैं। और

धीरे धीरे आप सपनों की दुनिया में खोने लगते हो। उसी दुनिया में खोयी उस लड़की ने जोर से मेरा हाथ दबाया और अपनी अर्धनिद्रा में बोली "बैग कोइ ले जायेगा ध्यान देना"। अचानक मेरा ध्यान उसके लावारिश पड़े बैग पर चला गया जिस पर कोइ भविष्य का बैंक मैनेजर अपने नोट्स रखे हुए था, वह हाव भाव से बिलकुल माल्या जैसा था, मोटा ठुड्डी के नीचे दाढी और हल्का सांवला। मैंने यूं ही कह दिया कि "माल्या साहब अपने लोन पेपर बैग में से उठा लो" तो नाराज हो गया बोला " मैं लोन लेने वालों में नहीं देने वालों में हूँ, पापा मम्मी दोनों बैंक में हैं और मेरा भी आलमोस्ट हो चूका है।"

उसके "आलमोस्ट हो चूका है" वाली लाईन पर लड़की खिलखिला के उठी और मुझसे बोली "हर माल्या दिखने वाला माल्या नहीं होता।" उसकी मुस्कराहट पर दिल तो हार ही चूका था इसलिये मैं भी हर मुस्कराहट का भागीदार बन रहा था। मंडी हाउस में जबरदस्त भीड़ ने जवाईंटर को युवाओं से घेर दिया था, अब उस झूले में झूलने लायक जगह ही नहीं थी, कोइ डंडे में खड़ा था तो कोइ पीठ लगाकर बैठा, किसी ने हैंडलर का सहारा लिया था तो कोइ एक दुसरे की पीठ से पीठ चिपकाए बैठे थे। लड़की को दूर तक जाना था और मुझे बस राजीव चौक तक। मैं उसे अलविदा कहना चाह रहा था मगर भीड़ ने मुझे पुश कर कर के दरवाजे तक यूं ही पहुंचा दिया। हर कोइ पूछता उतरना है और मेरे हाँ के जवाब में मैं दो कदम दरवाजे की ओर अपने आप बड़ जाता। राजीव चौक पर उसका हाथ दिखा मुझे, जो मुझे बुला रहा था या झूला रहा था पता नहीं, मगर जो भी था एक और मेट्रो का प्यार दूर जा रहा था।

11

सेकेण्ड कोच -इधर कुआं उधर खाई

मेट्रो के लेडीज कोच से लगे हुए जोइंटर पर खड़े होकर जिसने मजबूरी में सफर किया है वह इस बात को बखूबी जानता होगा कि ये वह जगह होती है जहाँ इधर कुंआ उधर खाई वाली बात चरितार्थ होती है। ऐसे ही एक सफर में एक मित्र की जिद के कारण मजबूरन उस जॉइंटर पर खड़ा होना पड़ गया था। मेरे साथ तो महिला मित्र थी इसलिए मैं कनखियों से लेडीज कोच में आ जा रही लड़कियों को देख पा रहा था मगर जेंट्स कोच में खड़े होकर खुल्ले में लेडीज कोच को घूरने वाले बहुत से लड़के और अंकल लोगों की आँख में मैं चुभ रहा था। इस बात का एहसास मुझे तब हुआ जब एक अंकल आधा मुझे और आधा लेडीज कोच को देखते हुए बोले "या कोने में खड़े हो जाओ यहीं बैठ जाओ यूं बीच में डिस्टर्ब क्यों करते हो।" मैंने कहा अंकल उम्र तो देखिये ये कोई उम्र है भला लेडीज कोच में तांका झांकी करने की। अंकल बड़े रंगीन मिजाज थे बोले "बेटा तुम्ही लोग कहते हो इश्क की उम्र नहीं होती, और इश्क करने के लिए एक अदद साथी की तलाश तो होती है न अब साथी के लिए देखना जरूरी है और देखने की उम्र भी नहीं होती।"

खैर कनखियों से देखते हुए मैंने पाया कि एक लड़की मेरी कनखियों पर गौर कर रही है। अब मैं सतर्क हो गया था, भूरे बालों वाली उस लड़की

ने अचानक पास आकर कहा "अंकल को नसीहत दे रहे थे और खुद नजर इधर ही है।" उसके बाद कुछ अंगरेजी के अल्फाजों का इस्तेमाल किया जो मेरे सर के ऊपर से गुजर गए। इतने में अंकल उस लड़की को बोले "बेटा वो मुझे नसीहत नहीं दे रहा था, बस मेरी उम्र याद दिला रहा था"। लड़की बोली अंकल आप नहीं जानते, आपको नसीहत देने वाला पिछले आधे घण्टे से लेडीज कोच की हर लड़की को स्कैन कर रहा है। अंकल के पूरे समर्थन के बावजूद लड़की मुझे डाउन करने में तुली थी। मगर तभी एक सांवली सी लड़की उस जवाईंटर पर आ गयी, अब मेरी तरफ से दो वकील उस भूरे बालों वाली लड़की से लड़ रहे थे और मैं दो दो लड़कियों के साथ मन ही मन एक तरफ़ा इश्क किये जा रहा था।

मुलजिम या मुजरिम दोनों मैं ही था, जज की भूमिका तय नहीं थी, और वकील की भूमिका में वो दो लड़कियां और अंकल। गजब की वकालत चल रही थी, सबका ध्यान हमारी तरफ था। इतने में सांवली लड़की बोली अरे ये मेट्रो में प्रेम कहानियाँ ढूंढते हैं। फिर उसने फेसबुक में मेरा नाम सर्च करके उस भूरे बालों वाली को पढ़ा दिया। अंकल भी मुझे देख मंद मंद मुस्कुराने लगे और मैं शर्म के साथ नासमझ होकर मेट्रो से उतर आया अब ये शर्म थी या खुशी पता नहीं मगर दो दो प्यार हो चुके थे मुझे। दो दो प्यार एक साथ हुए थे पूरे भी हो सकते थे। मगर मेट्रो की प्रेम कहानी का यही अंजाम होता है कभी खुद छूट जाती हैं कभी हमें छोड़नी पड़ती है।

12

वो सीपी का इन्तजार

राजीव चौक मेट्रो गेट नंबर पांच पर किसी का इन्तजार करने वालों को पता होगा वहां खड़े रहने का मजा.अक्सर वहां पर खड़े खड़े प्यारे से रिश्ते बन जाते थे . मसलन एक मित्र जो कि हमेशा लेट होती थी और हमेशा नये बहाने करती थी उसकी बदोलत मेरे बहुत से प्यारे रिश्ते बने जो क्षणिक थे पर आनंददाई थे. एक बार उसके आधे घंटे के इन्तजार के दौरान एक लडकी पास में आयी और पिंड बलूची का पता पूछने लगी ..जी तो आया वहीं तक छोड़ आऊँ पर उसे सिर्फ पता जानना था. फिर शुरू हुआ कनखियों का खेल जो तब तक चला जब तक मेरी मित्र ना आ गयी. और मेरी मित्र का नया बहाना सुनाते ही वह लडकी ना जाने कहाँ गायब हो गयी . खैर ये मेट्रो श्रंखला पर कुछ मित्रों का कहना था कि मुझे "लड़की पटानी " है इसलिए मै मेट्रो का सहारा ले रहा हूँ ... प्रभू एसे अगर "लडकियां पटती " तो आप जैसे छिछोरे पूरे दिन यही करते ..खैर यह सिर्फ कहानियाँ हैं जो किसी पल में सच थी पर उस पल के गुजरते ही इन्होने कहानियों का रूप ले लिया ....जिन्हें पूरा करने में मैंने कलम से मदद की ..ये सिर्फ कहानियाँ हैं ..

13

एफएम का प्यार

कानों में हेडफोन घुसाये हजारों की भीड़ सिर्फ एक ही जगह एक साथ देखी जा सकती है और वह है दिल्ली मेट्रो। राजीव चौक में कभी तसल्ली से चारों तरफ नजर घुमाएंगे तो आपको दो तरह के लोग नजर आएंगे, एक वो जो जल्दी में आफिस या कालेज या किसी इंस्टिट्यूट को रेस लगा रहे होंगे और दुसरे वह जो किसी के इन्तजार में उन्ही हेडफोन में गाना सुन रहे होंगे "तू जो नहीं है तो कुछ भी नहीं है, ये माना कि महफ़िल जवान है हसीं है"। (वैसे इसके बदले यो यो हनी सिंह या सलमान खान की फ़िल्म का गाना भी हो सकता था, मगर ये गाना उन इन्तजार करने वालों को पूरी तरह जस्टिफाई करता है)। खैर उसी हजारों की भीड़ में अक्सर कुछ रिश्ते इन्तजार के भी बन जाते हैं।

वैशाली जाने वाली 9.55 की मेट्रो का इन्तजार करते हुए रूपाली को देखकर हमारी मेट्रो गा रही थी "मुझमे सफ़र तू करती रहे, तेरी मेरी कहानी बारिशों का पानी"। रूपाली के हेडफोन में ये गाना एक रेडियो स्टेशन से प्रसारित हो रहा था, रूपाली गाने को मिस नहीं करना चाहती थी मगर 9.55 की मेट्रो मिस करना भी पॉसिबल नहीं था, राजीव चौक के बाद बराखम्बा आते आते रेडियो के सिग्नल जाने कहीं गायब हो जाते हैं। रूपाली जितना सुन सकती थी उस खराब फ्रीक्वेंसी में सुन चुकी थी अब सिवाय अफ़सोस करने के उसके पास कुछ नहीं था।

मैंने बारखम्बा से मेट्रो में कदम रखा आनंदविहार के लिए, इत्तेफाक से

मेरे म्यूसिक प्लेयर में यही गाना बज रहा था, और सस्ते हेडफोन होने के कारण हेडफोन के बाहर पूरी आवाज वैसे ही जा रही थी जैसे हेडफोन के अंदर।

रूपाली मेरे लिए तब तक एक अनजान लड़की थी, मेरे मेट्रो में कदम रखते ही वह मेरे करीब आने लगी, मेरी समझ नहीं आ रहा था कि लड़की अचानक से मेरे जैसे बंदर के पास क्यों आ रही है। सस्पेंस पहले ही खत्म करने का कारण यह है कि एक साथ दो सस्पेंस नहीं दे सकता।

लड़की मेरे कन्धों से सटती हुई मेरे पास और पास आ रही थी और मेरे लिए सफर करना मुश्किल हो रहा था। अचानक से मेरे म्यूजिक प्लेयर में गाना खत्म हुआ और दूसरा गाना बजा "सौ दर्द हैं, सौ राहतें, सब मिला दिलनशीं एक तू ही नहीं" और लड़की लगभग चीख कर बोली वाव माई फेवरेट।

मुझे अंदाजा हो गया कि मोहतरमा को गाना सुनना है तो मैंने उन्हें अपना हेडफोन ऑफर किया, घूरकर बोलीं "मुझे वह पहले वाला गाना सुनना था जो रेडियो में आ रहा था" मैं कुछ नहीं समझ पाया।

मैंने कंधे उचका कर कुछ ना जानने का इशारा कर दिया, पर लड़की हर नए गाने पर "वाह, ओ माई गॉड, डैट्स ग्रेट, कूल डियर " टाइप के उद्बोधन किये जा रही थी और मैं सुपर कन्फ्यूज होता जा रहा था।

5 फिट 5 इंच की लंबे बालों वाली उस आधी मार्डन आधी परम्परिक लड़की को देखकर ही एक अजीब सी खुशी मिल रही थी, उसकी आँखें कहीं मेट्रो के किसी सी सी टीवी कैमरे में खोयी जैसी थी,उसके कान मेरे हेडफोन से आती आवाजों को बराबर सुन रहे थे। वह मेरे बगल में जरूर खड़ी थी पर सिर्फ गाने सुनने के लिए बाकी उसका पूरा ध्यान जाने मेट्रो के किस कोने में था।

बहुत हल्का मेकअप, गुलाबी नेचुरल होंठ आईलाइनर से सजी गोली मारती नजरें मुझे ना चाहते हुए भी आकर्षित करने के लिए काफी थी। उस पर फिर जीन्स और कुर्ती जो हम जैसे दाढी वाले लड़कों को आकर्षित करने के लिए काफी होता है। प्रगती मैदान आते आते उसका रेडियो भी चलने लग गया था। अचानक उसने मेरे हेडफोन में "तू प्यार है किसी और का, तुझे चाहता कोइ और है, तू नजर में है किसी और की तुझे

देखता कोइ और है" ये गाना सुन लिया। अपने हेडफोन नीचे करके मुझसे बोली "सुनिए आप कौनसा रेडियो स्टेशन सुन रहे हैं?" मैं उसके प्यार में लगभग पूरा पागल हो चुका था। उसे देखकर मैंने धूम फ़िल्म के उदय चोपड़ा की तरह प्लानिंग भी कर ली थी। तो उसका जवाब देना भी जरूरी था। मैंने बताया ये कोइ रेडियो स्टेशन के गाने नहीं मेरे मोबाइल में मौजूद गाने हैं वहीं सुन रहा हूँ।

सुनते ही लड़की आग बबूला हो गयी , बोली "जब आप मेट्रो में आये थे तब "मुझमे सफर तू करती रहे" ये बज रहा था ना ??" मैंने हां में सर हिला दिया। बोली तो वह उस समय फलाने रेडियो स्टेशन में आ रहा था। मैं कुछ समझ पाता इससे पहले ही उसने कहीं फोन मिलाया और बोली..

"अरे यार मिस अंडरस्टेंडिंग हो गयी, सौरी " मैं पूरी तरह कन्फ्यूज मगर उसके प्यार में पागल हो चुका था।

वह फोन में कहे जा रही थी " यार डियर , आई नो तुमने मेरे लिए गाने प्ले किये मगर मेट्रो में रेडियो नहीं चलता तो मैं क्या करूं?" उस तरफ से शायद कोइ लड़का था। लड़की का हेडफोन अच्छी क्वालिटी का था इसलिए बाहर आवाज नहीं आ रही थी।

खुशमिजाज लड़की अचानक दुखी हो चुकी थी, मैंने कारण जानने की थोड़ी सी जुर्रत की, मगर लड़की का मूड देखकर मैं खामोश हो गया। लड़की ने फिर किसी अपनी दोस्त को फोन मिलाया और बोली " यार किसी घोंचू के फोन में वही गाना बज रहा था तो मुझे लगा सेम रेडियो स्टेशन है, बाद में बाकी के गाने भी मेरी पसन्द के ही बजे, मुझे लगा गौरव मेरे लिए अपने रेडियो स्टेशन से बजा रहा है, अच्छा खासा पैचअप होने वाला था मगर ये घोंचू की गलतफहमी ने सब बिगाड़ दिया, अब गौरव कभी बात नहीं करेगा आखिर उसने मेरी खातिर जॉब का रिस्क लेकर स्क्रिप्ट से बाहर जाकर बातें की थी"

मैं अब तक समझ गया था, लड़की के किसी बॉयफ्रेंड ने उसके लिए अपने रेडियो से गाना बजाय था। मैं लड़की को हौले से बोला "जो आपके लिए आपके मन के गाने आपके बगल में अपने म्यूजिक प्लेयर से बजा सकता है, बिना जाने कि आपको क्या पसन्द है क्या नहीं वह घोंचू ही आपके लायक है" उसके बाद में आनन्द विहार उतर कर अपने रस्ते चला

गया।
मेट्रो का प्यार था वहीं शुरू होकर वहीं खत्म हो गया।

14

टोकन की लाईन

आपको याद है आखिरी बार टोकन कब लिया था ? जब से मेट्रो कार्ड अस्तित्व में आये हैं और प्रचलन में जबरदस्त इजाफा हुआ है तब से अपने साथ का कोइ भी साथी मेट्रो टोकन की लाईन में लगता हुआ नहीं दिखा। ये टोकन की लाईन भी कमाल होती थी, व्यस्त स्टेशन में लम्बी लम्बी और खाली स्टेशन में खाली खाली। देखकर एेसा लगता था जैसे हमारी जल्दबाजी के हिसाब से ही मेट्रो की ये टोकन लाईन खुद को एडजस्ट करती हैं। जब हमें जल्दी होती है तो मेट्रो लाईन लंबी बहुत लंबी हो जाती है ताकि हम वख्त पर ना पहुँच पाएं। और जब हमारे पास थोड़ा समय होता है इन मेट्रो टोकन लाईन में खर्च करने को तब यहाँ बिलकुल खाली खाली सा माहौल होता है।

अक्सर साकेत से मेट्रो में सवार होते हुए मुझे जबरन टोकन लेने का शौक था, हालांकि एक रेगुलर दिल्लीय्या की तरह मेरे पास भी क्रेडिट,डेबिट, स्मार्ट कार्ड के साथ साथ एक मेट्रो कार्ड उपलब्ध था। लेकिन जाने क्यों उस टोकन की लाईन से एक अलग मोहब्बत सी थी मुझे, उस लाईन में खड़े होकर अक्सर इधर उधर देखकर अपने मन को तसल्ली दे लेता था कि मैं अभी खांटी दिल्लीय्या नहीं हुआ हूँ, अभी मेरे अंदर थोड़ा सा मेरा गाँव बाकी है जहाँ ट्रेन या बस की टिकिट काउंटर पर लाईन लगती है, इन मेट्रो टोकन की लाईन में खड़े होकर मैं खुद को गाँव के टिकिट काउंटर पर खड़ा पाता था।

गाँव में गट्ठर, झोला, बैग हाथों में लिए भीड़ सर में पगड़ी पहनकर इन काउंटर पर मेरे आगे खड़ी होती थी आज ब्रांडेड बैग, साइड बैग, मिनी बैग लिये भीड़ मेरे आगे रहती है। थोड़ा फर्क जरूर होता है लेकिन टोकन लेते समय जो गाँव का फील आता है वह मैं बयां नहीं कर सकता।

उस दिन भी शाम के समय मैं राजीव चौक जाने के लिए टोकन ले रहा था, बहुत जल्दबाजी नहीं थी मुझे, जल्दबाजी होने पर मैं फटाफट मेट्रो कार्ड से इंट्री कर लेता हूँ, मैंने शान्ती से उस 10 15 लोगों की भीड़ में खड़ा होना ही सही समझा, मैं अपने गाँव के फील में खोते हुए मन्द मन्द मुस्कुरा रहा था कि तभी बगल की लाईन में एक जीन्स टॉप पहने लड़की झल्लाकर चीखी "शिट, आज ही कार्ड घर भूलना था" उसकी टोकन की लाईन किसी वजह से रुक गयी थी और बेसाख्ता गुस्सा हुए जा रही थी, अगल बगल के यात्री जो खुद उस लाईन में परेशान थे अचानक लड़की के व्यवहार से चौंक गए।

लड़की कभी दांये से तो कभी बांये से आगे टोकन काउंटर में ये देखने की कोशिश कर रही थी कि आखिर लाईन रुकी क्यों है। मगर इतनी दूर से कुछ भी समझ नहीं आता कि मेट्रो टोकन देने वाले ने अचानक लाईन रोक क्यों दी। कई बार 10 रुपये के छुट्टे के कारण भी 10 10 मिनट तक यूँही खड़ा रहना पड़ता है तो कभी टोकन देने वाले के पास टोकन खत्म हो जाते हैं। वो बेचारा तो क्लोस्ड का बोर्ड लगाकर चला जाता है मगर जनता ये मानने को कतई तैयार नहीं होती कि जिस लाईन को उन्होंने अपनी जिंदगी के कीमती 10 मिनट दिए उस लाईन में लगकर आखिर में उन्हें कुछ नहीं मिलने वाला।

वो लड़की भी लाईन के कारण गुस्से में भनभनाई हुई थी, अचानक मेरी नजर उससे मिली मैं शांत भाव से उसे देखते हुए लाईन में आगे बढ़े जा रहा था, तभी वह बोली "प्लीज एक मेरा भी ले लेंगे"। मैंने उसकी रिक्वेस्ट तो कैंसल कर दी, मगर लड़की को लाईन में खड़ी होने का ऑफर दे दिया। मैं जानता था मेरे इस कृत्य के बाद दिल्ली की जागरूक जनता मेरी जान ले लेगी, लेकिन उस समय दिल को बहलाने और इश्क को आगे बढ़ाने का यही तरीका था। मैंने सारे खतरे उठाकर उस झल्ली लड़की को अपने आगे खड़ा कर दिया। अभी चार आदमी आगे बढ़े ही

होंगे कि मेरी वाली टोकन की लाईन भी रुक गयी। और अबकी लड़की ने जो झल्लाहट दिखाई उससे सभी लाईन में लगे यात्री उसे देखने लग गए।

मैंने उसे सांत्वना दी और उसकी झल्लाहट का कारण पूछा तो पता चला कि उसका किसी ईवनिंग कालेज में पेपर है, जिसके लिए उसे समय से पहुंचना बहुत जरूरी है।

मैं थोड़ी देर लाईन के दोबारा चलने का इन्तजार करता रहा, मगर लाईन आगे नहीं बड़ी, लड़की की झल्लाहट अब सबसे ज्यादा मुझ पर थी, वह फ्रस्टेशन में मेरी तरफ देखकर अजीब से मुंह बनाये जा रही थी। जब अगले 5 मिनट तक मेरी लाईन नहीं खिसकी तो मैं लड़की को उसके कन्धों से पकड़ कर लाईन से बाहर ले आया, वो इतने गुस्से में थी कि मेरी इस हरकत के बाद शायद मेरे मुंह पर खींच कर तमाचा मार देती। मगर उसके कुछ बोलने से पहले ही मैंने अपने पाकेट में रखा मेट्रो कार्ड निकाल कर उसे थमा दिया। मैंने बोला तुम्हारा पेपर है जाकर एग्जाम दो। और किसी दिन यहीं स्टेशन में मिलकर मेरा कार्ड वापस कर देना। जाने उस झल्ली से प्यार हो गया था या उसकी सिचुएशन पर तरस खाकर मैंने अपना कार्ड उसे थमा दिया। पर जो भी हो मेरी हरकत से लड़की शॉक्ड हो गयी। उसे लगा होगा कि जेब में मेट्रो कार्ड होते हुए ये कैसा पागल है जो लाईन में धक्के खा रहा है। वो अभी चेक इन के लिए आगे बड़ी ही थी कि टोकन की लाईन भी चालू हो गयी। मैं जब तक उसे बताता वो चेकइन कर चुकी थी।

मैंने अपना टोकन लिया और शान्ती से चेकइन कर गया। आपाधापी में उसका नम्बर भी नहीं ले पाया था।

जैसे ही प्लेटफार्म पर पहुंचा तो एक मेट्रो तैयार खड़ी थी, टूं टूं की आवाज के साथ उसके दरवाजे बंद होने वाले थे और सामने से वह लड़की मुझे बारबार जल्दी आने को कह रही थी। उस झल्ली लड़की के चेहरे में अचानक से जो हंसी आ गयी थी मैं उसे बस निहारता ही रह गया और मेट्रो गेट टूं टूं करता हुआ बंद हो गया। तभी मुझे एहसास हुआ कि प्यार आगे बढ़ाने का बहुत ही खूबसूरत मौक़ा मैंने अपने हाथों से गँवा दिया। मेट्रो के प्यार बहुत आसानी से पूरे कभी नहीं होते।

15

मेकअप

हम सब का एक ऐसा दोस्त जरूर होता है जो हमेशा देर से आने की आदत से मजबूर होता है

और फिर हमेशा वो सच्चा सा लगने वाला कोई नया बहाना सोच कर आता है। कुछ ऐसे ही दोस्तो का इंतज़ार करने वाले लोगो के लिए राजीव चौक मेट्रो स्टेशन फेवरेट स्पॉट है। जहां गेट के पास खड़े कई लोग कभी एक - दूसरे को ताकते हुए तो कभी मेट्रो से उतरते हर शख्स मे अपने दोस्त को तलाशते हुए खड़े नजर आते है। एक बार उस बहानेबाज दोस्त का इंतजार करते हुए राजीव चौक मेट्रो स्टेशन पर द्वारका की ओर जाने वाली तकरीबन दस मेट्रो गुजर चुकी थी तभी साथ खडे एक शख्स ने हल्की मुस्कान के साथ पूछा ' आप भी किसी का इंतजार कर रही है ? ' बोरियत का अहसास इतना ज्यादा था कि एक ' हम्म्म ' के साथ ही बातों का सिलसिला खुद ब खुद शुरू हो गया । लेट आने वाले दोस्तों की बुरी आदत से लेकर दौड़ती मेट्रो के साथ इधर-उधर जाने के लिए दौड़ती भीड पर बाते होने लगी।

उस लड़के का हंसी - मजाक करते हुए बात करने का अंदाज़, किसी भी जगह टाइम पर पहुंचने की बात और स्मार्ट लुक्स उसे मिस्टर परफैक्ट बनाने के लिए काफी थे। मेट्रो स्टेशन पर खडे होकर परेशानी वाले इंतजार को इस लड़के ने अपनी बातों से एंट्रटेनिंग बना दिया था। मुझे भी लगा अरे यार ! अच्छा होता कि मैं पहले ही अपनी झिझक छोड

कर इस लड़के से बात कर लेती तो इतना बोर तो ना होना पड़ता। खैर अब बातों का सिलसिला आगे बढ़ते हुए लुक्स की तारीफ करने पर पहुंच चुका था। जैसे ही उस लड़के ने मेरी आंखो की तारीफ की तो मैं ना चाहते हुए भी शर्मा सी गई और मै तो उसके रितिक वाले लुक और सलमान जैसी बॉडी पर पहले ही फिदा हो चुकी थी। मैंने मन मे सोचा ही था कि क्यों ना नंबर एक्सचेंज कर लिए जाए कि तभी मेरा लेट आने वाला दोस्त गलत टाइमिंग पर टपक पड़ा । अपनी गलती को छिपाने के लिए उसने जल्दी से एक नया बहाना सुनाया और हाथ पकडकर जल्दी- जल्दी चलने की कहते हुए मुझे ले गया। उस हीरो टाइप लड़के से ना तो नाम पूंछने का मौका मिला और ना नंबर ।

मॉडल टाउन मेट्रो स्टेशन तक पहुँचने में उसे रिक्शे से 10 मिनट लगते थे और इन 10 मिनटों में उसके सलीके से सेट किये हुए बाल चिड़िया का घोंसला बन जाते थे। सुबह सुबह 9 बजे जैसे ही वह अपनी गुड़गांव जाने वाली मेट्रो में सवार होती थी तो लेडीज कोच में सवार लड़कियां उसे कॉम्पलेक्स फील करा जाती थी, उसे एसा लगता था कि एक वही है जो मेट्रो तक रिक्शे में आती है बाकी सभी को उनके घरवाले कार में छोड़ जाते हैं, या वो लड़कियां मेट्रो तक गायब होकर आती हैं। लेडीज कोच में पूरे मेकअप के साथ व्यवस्थित कपड़े और व्यवस्थित बालों में सभी लड़कियां मौजूद रहती थी और एक वह थी जो घर से कितना भी राजुकुमारी बनकर निकले मेट्रो में पहुँचते पहुँचते उसने भूतनी बन जाना होता था। रिक्शे में लगने वाली हवा से बालों का घोंसला बन जाता था और चेहरे की पूरी रंगत रास्ते में पड़ने वाले एकमात्र सिग्नल पर उड़ जाती थी, जहाँ सुबह सुबह आजादपुर को आने जाने वाले टेम्पो अपनी गाड़ी का पूरा धुंआ उसके चेहरे पर उड़ेल देते थे।
लेडीज कोच से उसे धीरे धीरे नफरत सी होने लगी थी,जहाँ रोज उसे दोबारा अपने बाल संवारने पड़ते थे, मेकअप का फाइनल टच अप दोबारा करना पड़ता था। और इन सब में इस बात का विशेष ध्यान रखना होता था कि आस पास की कोई लड़की उसे देखकर हंसे ना।
एक बार खुन्नस में उसने लेडीज कोच को छोड़ ही दिया, रोजाना की तरह बिखरे बालों को लेकर वह सीधा जनरल कोच में चढ़ गयी, जहाँ सुबह

सुबह गुड़गांव की रेस में बहुत से जेंट्स खिलाड़ी भी शामिल थे, मेट्रो में अंदर आते ही उसने रोजाना की तरह अपने बालों को खोलकर सुलझाना शुरू कर दिया, लेडीज कोच में तो अक्सर उसकी इस क्रिया पर उसे घूरने वाली आँखों की संख्या कम होती थी, मगर यहाँ जनरल में आँखें दर्जनों में आ गयी। जिनकी निगाह बस बाल सुलझाती हुई लड़की पर थी। बाल ठीक करने के बाद उसने जैसे ही अपने ड्रेस को व्यवस्थित करने की प्रकिया शुरू की, मेट्रो की घूरती दर्जनों आँखें दुगनी हो गयी। इन घूरती आँखों को उसका सिक्स सेन्स बखूबी पहचनाता था। वह कोशिश करके एक दो बार बोल्ड दबंग लड़की बनने की कोशिश कर रही थी बाल बनाते समय, पर ड्रेस व्यवस्थित करते समाय उसकी सारी बोल्डनेस धाराशायी हो गयी। हर नए स्टेशन पर भीड़ उत्तर चढ़ रही थी, वह काफी देर से अपनी कुर्ती का एक बटन लगाना चाह रही थी मगर घूरती आँखों के डर से उसकी हिम्मत ही नहीं हुई।

उसने अपने पर्स को अपनी छाती से चिपका लिया था, अपनी स्लीवलेस कुर्ती पर उसे आज बहुत गुस्सा आ रहा था। बड़े शौक से आफिस में ठसक से दिखाने को उसने ये बैकलेस, स्लीवलेस कुर्ती ली थी, मगर इधर घूरती निगाहों ने उसका सारा शौक खत्म कर दिया। वह बार बार खुद को जनरल डब्बे में आने के लिए कोस रही थी। लेडीज कोच में होती तो कम से कम सीधे खड़े रहकर बटन लगा लेती, मगर यहाँ तो चारों तरफ से लड़के बुड्ढे अंकल घूर रहे थे।

कश्मीरी गेट में एक आँखों में चश्मा चढ़ाये फुलटू पढ़ाकू टाइप लड़का मेट्रो में सवार हुआ। शायद कहीं कोचिंग इंस्टीट्यूट में पढ़ता या पढ़ाता होगा। वह आकर सीधे लड़की के बाजू में खड़ा हो गया। लड़की ने एक दो बार एक्सक्यूज मी एक्सक्यूज मी कहकर दूर करना चाहा मगर वो चोमू सा लड़का चुपचाप सारी बातें अनसुनी कर गया।

अब लड़की के लिए परेशानी होने वाली थी, एक तो लेडीज सीट फूल थी ऊपर से राजीव चौक आते ही मेट्रो की भीड़ डबल हो जाती। मतलब उसे अपनी खुली ड्रेस को बंद करने का मौक़ा ही नहीं मिल रहा था, तभी चोमू से लड़के की आवाज आयी 'बटन खुला है बंद कर लीजिये' लड़की ने जैसे ही यह सुना उसे खीझ के साथ साथ शर्म भी आने लगी, अब तक जो

बात लोग चोरी चुपके देख रहे थे, इस चौमू ने उसे सार्वजनिक कर दिया था। पहले सीधी निगाहों से देख रहे अंकल अब दूसरी तरफ नजर फेर के तिरछी निगाहों से देखने लगे थे। अचानक चौमू ने सामने वाली खाली हुई सीट पर कब्जा जमा लिया। लड़की मन में सोच रही थी "काश ये सीट मिल जाती तो बैग जमीन में रखकर कुर्ती ठीक कर लेती" मगर चौमू ने सब गुड़ गोबर कर दिया। गुस्से में लड़की ने चौमू के पैर पर अपना पैर गड़ा दिया। चौमू जब तक "आह वाह" कर पाता लड़की ने दो तीन बार सौरी बोल दिया।

मेट्रो गेट बंद होते ही चौमू सीट से इशारा करने लग गया था, और भीड़ में लड़की चौमू को इग्नोर करने लगी, उसे चौमू के छेड़ने पर गुस्सा आ रहा था। तभी चौमू ने धीरे से उसके पायजामे को छुआ तो लड़की ने गुस्से में उसे आँख दिखा दी। लड़की कुछ बोलती इससे पहले चौमू गुस्से में बोल पड़ा, "अरे सीट ले लो और अपनी कुर्ती ठीक कर लो, कब से देख रहा हूँ परेशां खड़ी हो मगर ये नहीं कि किसी से मदद मांग लूँ"। चौमू के इस रूप को देखकर लड़की के साथ साथ सभी मेट्रो के को पैसेंजर चौंक गए।

लड़की ने धीरे से सीट ली और अपनी कुर्ती ठीक करने लगी उतनी देर लड़की का बैग लिए चौमू खड़ा रहा फिर जैसे ही उसने अपनी ड्रेस व्यवस्थित कर ली, चौमू ने उसका बैग उसके हाथों में पटक दिया और बोला "सभी लड़के एक से नहीं होते" फ्रस्टेटड चौमू गुस्से में बिलबिलाता हुआ दुसरे कोच की तरफ चला गया। केंद्रीय सचिवालय तक लड़की अवाक बैठी रही, फिर ना जाने उसे क्या ध्यान आया कि वह चौमू की तलाश में निकल पड़ी लोगों से एक्सयूज मी एक्सक्यूज मी कहते हुए। उसे शायद सौरी कहना था या ना जाने क्या कहना था मगर गुड़गांव तक जब चौमू उसे नहीं मिला तो उसने आंसूओं से अपना पूरा मेकअप खराब कर लिया।

मेट्रो प्रेम कथा यहीं पर समाप्त करते हैं। आपको यह कथा कैसी लगी जरूर बताइएगा।

यह एक नया अनुभव है। पहली बार किसी बुक पब्लिशिंग साईट के माध्यम से इस किताब को पब्लिश कर रहा हूँ। नोशन प्रेस के साथ यह पहला अनुभव है। उम्मीद करूंगा आपको यह मेट्रो प्रेम कहानी वैसे ही पसंद आएगी जैसे कभी फ़ेसबुक में लोगों को पसंद आई थी। किताब में हुई किसी प्रकार की गलती या कमी के लिए क्षमा प्रार्थी हूँ।